NICK JR.

DORA la EXPLORADORA™

DORA y la PRINCESA de la NIEVE

adaptado por Phoebe Beinstein   ilustrado por Dave Aikins

SIMON & SCHUSTER LIBROS PARA NIÑOS/NICK JR.
Nueva York   Londres   Toronto   Sydney

Basado en la serie de televisión *Dora la exploradora*™ que se presenta en Nick Jr.®

SIMON & SCHUSTER LIBROS PARA NIÑOS
Publicado bajo el sello editorial de la División Infantil de Simon & Schuster
1230 Avenue of the Americas, New York, New York 10020
© 2008 por Viacom International Inc. Traducción © 2008 por Viacom International Inc.
Todos los derechos reservados. NICK JR., *Dora la exploradora* y todos los títulos relacionados,
logotipos y personajes son marcas de Viacom International Inc. Todos los derechos reservados,
incluido el derecho a la reproducción total o parcial en cualquier formato.
SIMON & SCHUSTER LIBROS PARA NIÑOS y el colofón son marcas registradas de Simon & Schuster, Inc.
Publicado originalmente en inglés en 2008 con el título *Dora Saves the Snow Princess* por Simon Spotlight,
bajo el sello editorial de la División Infantil de Simon & Schuster.
Traducción de Argentina Palacios Ziegler
Fabricado en los Estados Unidos de América
Primera edición en lengua española, 2008
2 4 6 8 10 9 7 5 3 1
ISBN-13: 978-1-4169-5870-3
ISBN-10: 1-4169-5870-3

—Estoy atrapado en una trampa que puso la bruja malvada, pero nadie me libera porque le tienen miedo. —El palomo le mostró a Sabrina su patita atrapada.

—¡Yo te voy a liberar!— dijo Sabrina y le ayudó a escapar de la trampa.

—Eres muy amable y valiente— dijo el palomo. —¡Tienes que ser tú! Sígueme. Tengo que mostrarte algo especial. —El palomo blanco guió a Sabrina a varios arbustos. —Está detrás del arbusto con las bayas moradas— dijo el palomo.

Sabrina miró detrás del arbusto y vio algo hermoso que salía de la tierra.

—¡Es un cristal mágico!— dijo el palomo. —Ahora míralo y sonríe.

Así lo hizo Sabrina y sucedió algo realmente asombroso.

¡Empezó a nevar! Entonces Sabrina se convirtió en la Princesa de la Nieve y el palomo blanco se convirtió en el Hada de la Nieve.

—¿Yo, princesa?— preguntó Sabrina.

—Si. La bruja había hechizado el bosque, pero por tu valentía y amabilidad ¡todos los animales de la nieve son libres!— dijo el Hada de la Nieve.

Todo el mundo en el bosque estaba muy feliz, hasta que
un día la Princesa de la Nieve vio a la Bruja volando por
el cielo. La Bruja se abalanzó de repente y le arrebató el
cristal a la Princesa de la Nieve. Hizo una mueca en el cristal
para detener la nieve y luego encarceló a la Princesa de la
Nieve en lo alto de una torre.

—Ahora nunca más volverá a nevar. ¡Ja! ¡Ja! ¡Ja!— dijo la
Bruja antes de alejarse volando.

Todos vieron que la nieve se derretía. Los animales buscaron a la Princesa de la Nieve pero no la vieron y le pidieron al Hada de la Nieve que la buscara. El Hada de la Nieve sabía que en poco tiempo todo se derritiría.

¡Mira! ¡El Hada de la Nieve está volando fuera del cuento! ¡Cree que yo soy la Princesa de la Nieve!

¡Hola, Hada de la Nieve! Yo no soy la Princesa de la Nieve, pero creo que podemos ayudarte a buscarla porque sabemos dónde está—¡en la torre! Saltemos al libro y ayudemos al Hada de la Nieve a buscarla. ¿Saltas con nosotros? ¡Salta, salta, salta!

Ahora tenemos que averiguar dónde está la torre. ¿A quién le preguntamos cuando no sabemos adonde ir? ¡Claro, a Map! Map dice que tenemos que cruzar el Océano Helado, pasar las Colinas Heladas y atravesar la cueva. Así es como llegaremos a la torre.

Veo el Océano Helado al otro lado de esta colina grande.
¿Ves tú algo que podemos montar cuesta abajo? ¡Claro!
Benny está tirando de un trineo en el que podemos montar.
Ay, no. Veo a ese zorro astuto, Swiper. ¡Se va a llevar al
Hada de la Nieve! Rápido, di: "¡Swiper, no te lo lleves!
¡Swiper, no te lo lleves! ¡Swiper, no te lo lleves!"
¡Qué bien! Detuviste a Swiper.

Ya estamos en el Océano Helado, pero necesitamos un bote para cruzarlo. ¡Mira, ahí está el barco de los Pirate Piggies! Adoramos a los Pirate Piggies. ¿Nos ayudas a llamarlos? Di: "¡Pirate Piggies!"

Vienen a ayudarnos. ¡Subamos a su barco! ¡Cuidado con los icebergs!

¡Mira! Ese iceberg no es ningún iceberg. ¡Es una culebra del Océano Helado que se nos acerca! ¡Debe ser cosa de la Bruja! Pero los Pirate Piggies saben cómo espantar a la culebra del Océano Helado. No tienes más que gritar "¡arggg!" bien alto. ¿Haces de pirata y nos ayudas a espantar a la culebra? ¡Vamos! ¡Grita "arggg"! ¡Anda, qué buen pirata eres!

¡Viva! Cruzamos el océano con los Pirate Piggies y encontramos una colina de nieve, pero Boots dice que esta colina de nieve se mueve. Espera, ¡El Hada de la Nieve dice que la Bruja convirtió la colina en oso polar! ¿Parece contento o enfadado el oso polar? ¿Enfadado? Oh-oh. ¡Mejor es que corramos!

Allá hay una chica con un trineo de perros. ¡Tal vez ella nos pueda ayudar!

Se llama Paj. Paj dice que ella nos puede alejar del oso polar y llevarnos directamente a la cueva.

¡Anda, los perros de Paj corren rapidísimo! Para ir alrededor de las colinas, tenemos que inclinarnos. ¿Te inclinas a la izquierda? ¡Estupendo! ¡Qué bien te inclinas!

¡Qué cueva tan oscura! ¿Ves alguna salida? ¡Sí, por allá!
Vamos a subir y salir.

¡Ahora podemos ver la torre y a la Princesa de la Nieve! Pero primero tenemos que bajar el puente levadizo para llegar a ella. El Hada de la Nieve está tratando de volar hasta el interruptor pero, apenas puede volar. ¡Se puede caer en el foso lleno de cocodrilos! ¡Tenemos que ayudar a volar al Hada de la Nieve! ¿Ayudamos a volar al Hada de la Nieve? ¡Aletea, que tienes alas! ¡Aletea, aletea, aletea! ¡Ayudaste al Hada de la Nieve! Aleteaste bien.

El Hada de la Nieve pudo volar hasta el interruptor y alcanzamos a la Princesa de la Nieve. La Princesa dice que la Bruja la hechizó y ahora no puede sonreír. No nevará si ella no puede sonreír en el cristal y entonces todo se derretirá.

¡Ahí viene la Bruja! Tal vez yo puedo hacer que soy la Princesa de la Nieve y sonreír en el cristal. Tú también puedes ayudarme a sonreír.

¡Ahora me parezco exactamente a la Princesa de la Nieve! ¡La Bruja cree que yo soy la princesa y que no puedo sonreír, pero qué sorpresa le tenemos! Más vale que nos apuremos antes de que todo se derrita. ¿Me ayudas a sonreír en el cristal? *One, two, three!* ¡SONRÍE!

¡Lo hicimos! Sonreímos y nevó otra vez y la Bruja perdió todos
sus poderes para siempre. ¡El Mágico Bosque Nevado está a
salvo! El Hada de la Nieve nos vistió como princesas y príncipes.
¡Todo el mundo se puede sentir como príncipe o princesa si
es amable y valiente y le gusta ayudar a sus amigos y amigas!
Gracias por ser amable y valiente y ayudarnos. *Good-bye!*